KB264422

＊빨간 열매 나무의 1인칭 시점에서 작가의 3인칭 시점으로 변화하면서 아이들이
이해하기 쉽게 서체를 변경하여 사용하였습니다. 이는 잘못된 책이 아닙니다.

따뜻한 마음과 고운 마음

미야니시 타츠야 글·그림 | 고향옥 옮김

나는 빨간 열매가 열리는
빨간 열매 나무야.
삼백 년 전부터 쭈욱 여기 있었지.
그동안 수많은 공룡들이
내 빨간 열매를 맛있게 먹고 갔어.
그 모습을 보는 게 내 행복이었단다.
그러던 어느 날…….

달리

고르고사우루스가 산을 올라왔어.
"어우, 배고파…….
안킬로사우루스가
있는 줄 알고 왔는데…….
에잇, 알도 하나 없네."

때마침 반대쪽에서도
배고픈 티라노사우루스가 올라왔지.
"맛있는 마이아사우라인 줄 알았는데
에잇, 뭐야. 고르고사우루스잖아."
그 말을 들은 고르고사우루스가 버럭 소리쳤어.
"야, 여긴 내가 먼저 맡았거든! 빨리 나가!"
"뭐라고? 이게! 나랑 한 판 붙어 볼 테냐!"

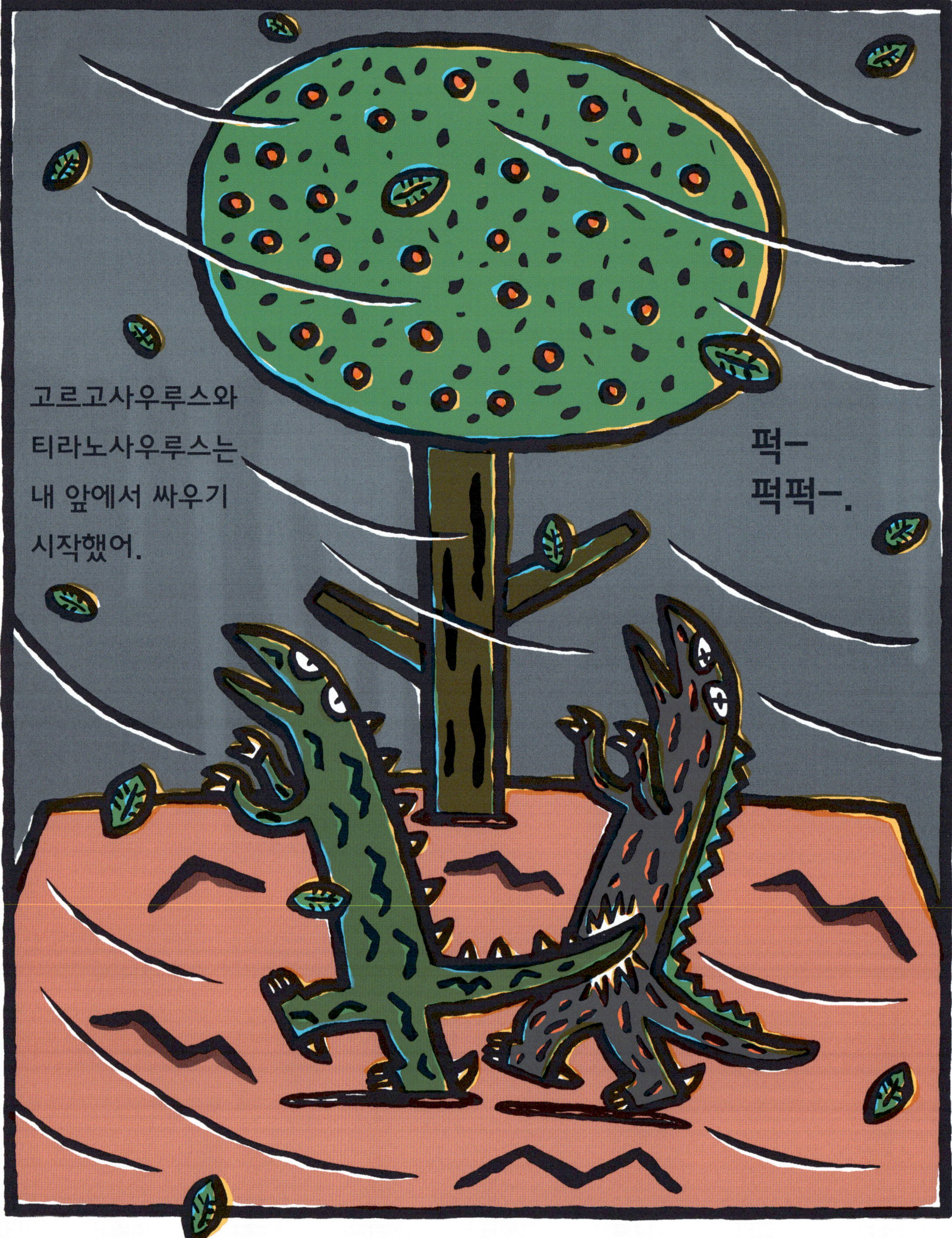

고르고사우루스와
티라노사우루스는
내 앞에서 싸우기
시작했어.
퍽—
퍽퍽—.

덥석!

둘은 지쳐서
쓰러질 때까지
싸웠지.
바로 그때였어.

우르르릉 쾅!
쿠르르릉 쾅!
옆에 있는 화산이
대폭발을 한 거야.

그러자
우리가 있던 바위산이
마구 흔들리면서
콰르르르르
무너지기 시작했어.

우르르 콰르르…….
빠직 빠지직…….
쓰러진 나무들이
사방으로 날아갔고.

우르르 콰르르…….
티라노사우루스와
고르고사우루스는
산 아래로 떨어질까 봐
와들와들 떨면서
나에게 매달렸어.

잠시 뒤에
땅울림이 멈추자,
맙소사!

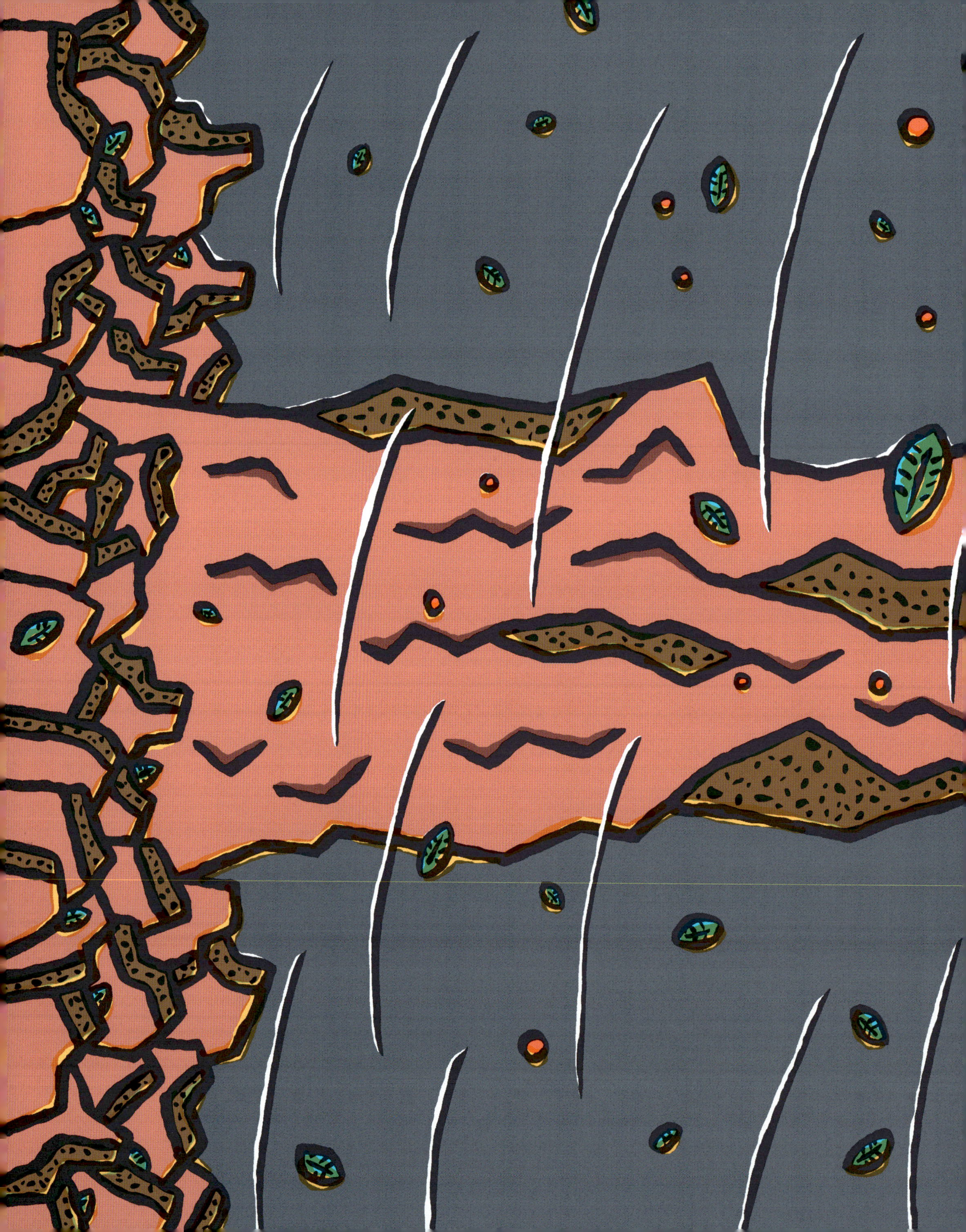

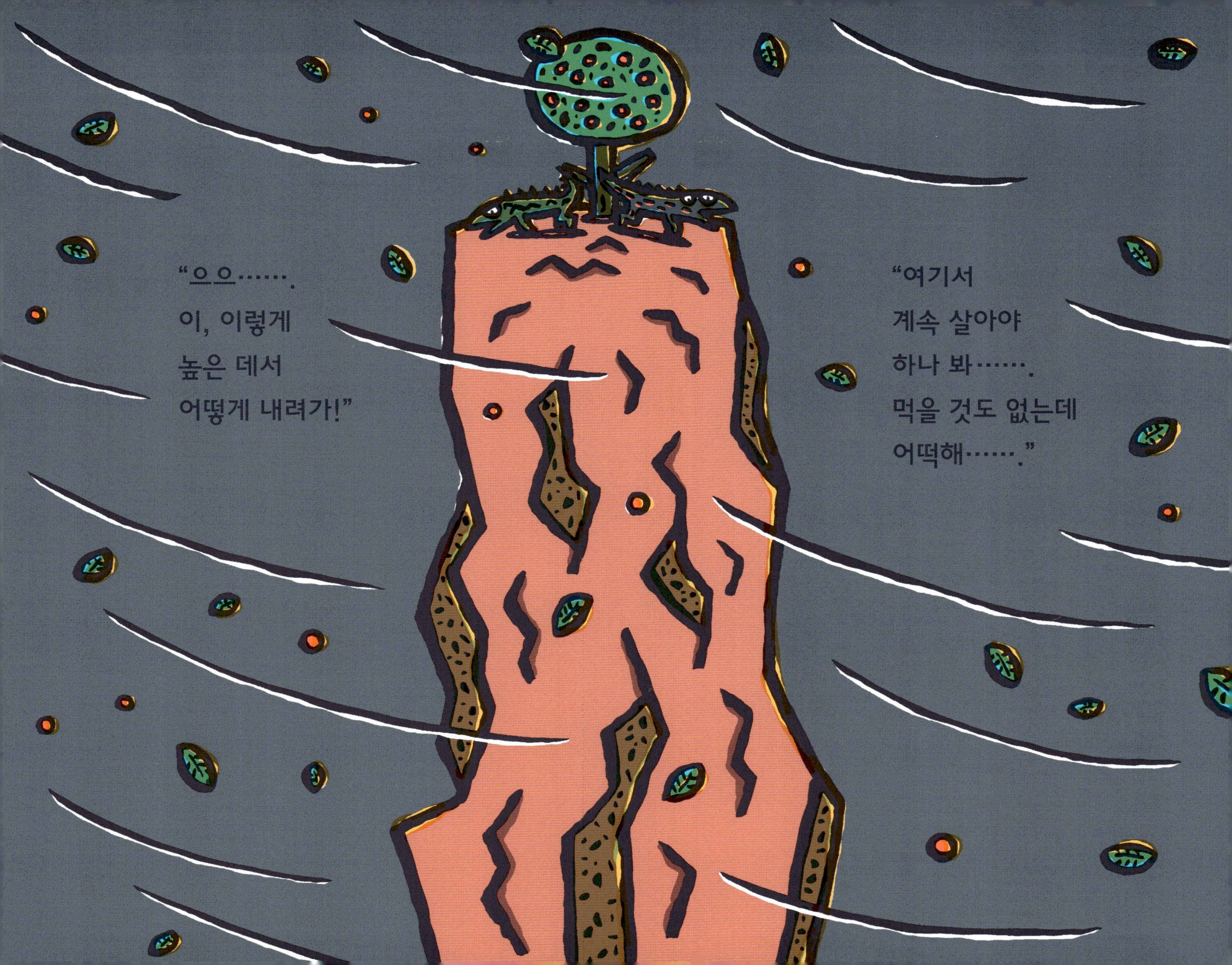
"으으…….
이, 이렇게
높은 데서
어떻게 내려가!"
"여기서
계속 살아야
하나 봐…….
먹을 것도 없는데
어떡해……."

그때부터 아무것도
먹지 못한 둘은
점점 야위어 갔어.

"배…… 배가 고파.
뭐라도 먹고 싶어."
티라노사우루스가
중얼거리는 말을 듣고
나는 빨간 열매를
떨어뜨려 줬지.

고르고사우루스와
티라노사우루스는
빨간 열매를
우적우적 먹었어.
"마, 맛있다!"
정말 맛있게 먹어서
나는 참 흐뭇했어.

"고르고. 한 번에
많이 먹으면
금방 없어져."
"맞아……."
둘은 빨간 열매를
하루에 딱 세 개씩만
먹기로 했어.

어느 비 오는 날이었어.
"이 나무가 우리를
비에 젖지 않게 지켜 주고 있어."
"맞아. 화산이 폭발했을 때도
이 나무가 우리를 살려 줬어.
빨간 열매도 맛있고, 고마운 나무야."
그 말을 듣고 나는 뛸 듯이 기뻤지.

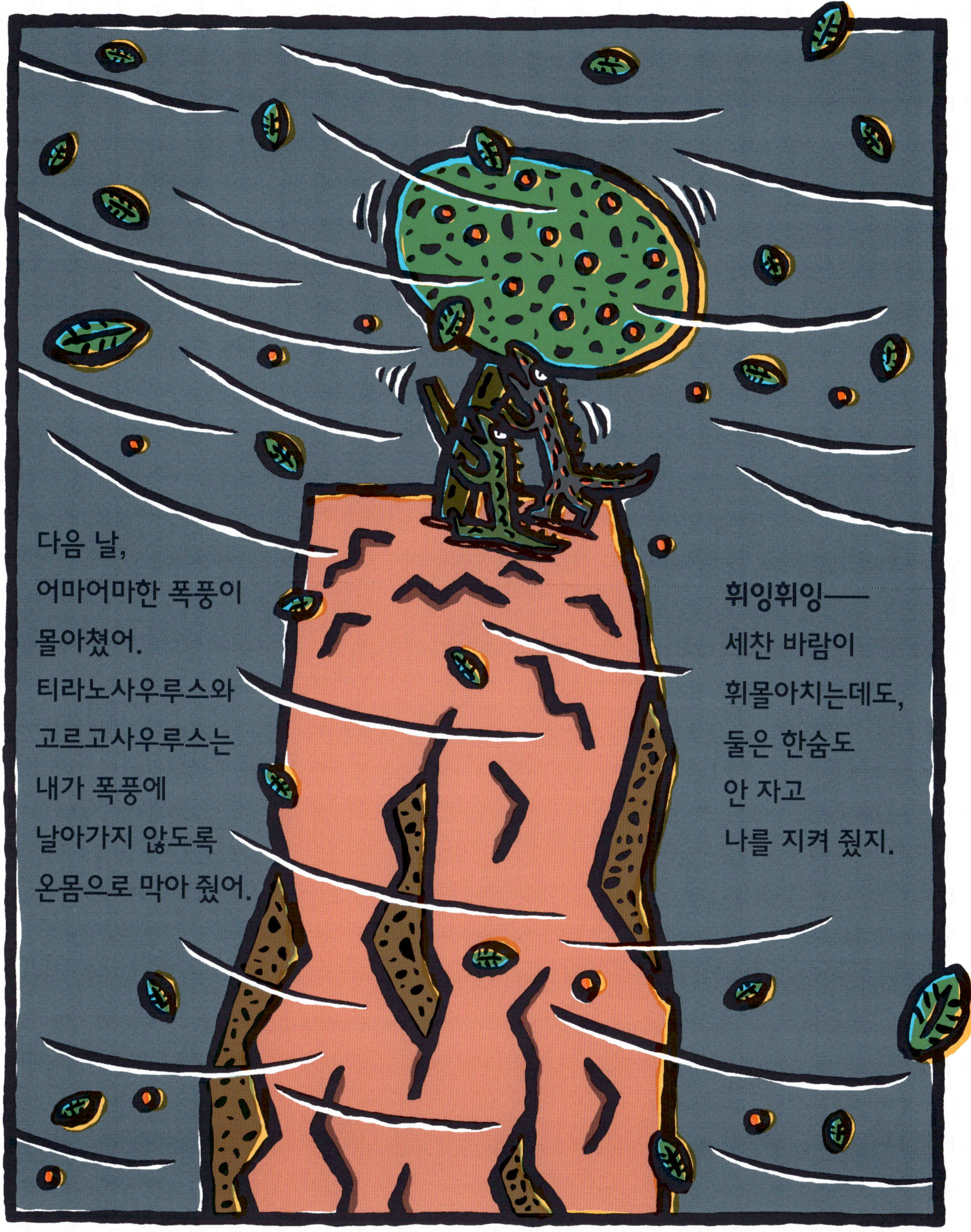

다음 날,
어마어마한 폭풍이
몰아쳤어.
티라노사우루스와
고르고사우루스는
내가 폭풍에
날아가지 않도록
온몸으로 막아 줬어.

휘잉휘잉—
세찬 바람이
휘몰아치는데도,
둘은 한숨도
안 자고
나를 지켜 줬지.

그다음 날,
폭풍이 잠잠해지자 지친 둘은
풀썩 드러누워 버렸어.
바로 그때, 케찰코아틀루스가
휙 날아오더니
눈 깜짝할 사이에

덥석!
고르고사우루스의
꼬리를 물고
채 가려는 거야.
그러자……

티라노사우루스가
케찰코아틀루스를
한 방에 날려 버렸어.

"고르고, 괜찮아?"
"으응……."
하지만 고르고사우루스는,

꼬리를 심하게 다치고 말았어.
티라노사우루스는
얼른 빨간 열매를 따서
고르고사우루스의 상처 난 꼬리에
살살 발라 줬지.
그리고……

"고르고,
많이 먹고 빨리 나아."
"빨간 열매는 하루에
세 개만 먹기로 약속했잖아."
"괜찮아. 이건 내가
내일이랑 모레랑……
그다음 날에 먹을 건데, 너 다 먹어."

티라노사우루스는 정성껏
고르고사우루스를 돌봐 줬어.
자기 몫의 빨간 열매를 죄다
고르고사우루스에게 양보하고
자신은 쫄쫄 굶으면서 말이야.
나는 티라노사우루스의
따뜻한 마음에 감동했어.

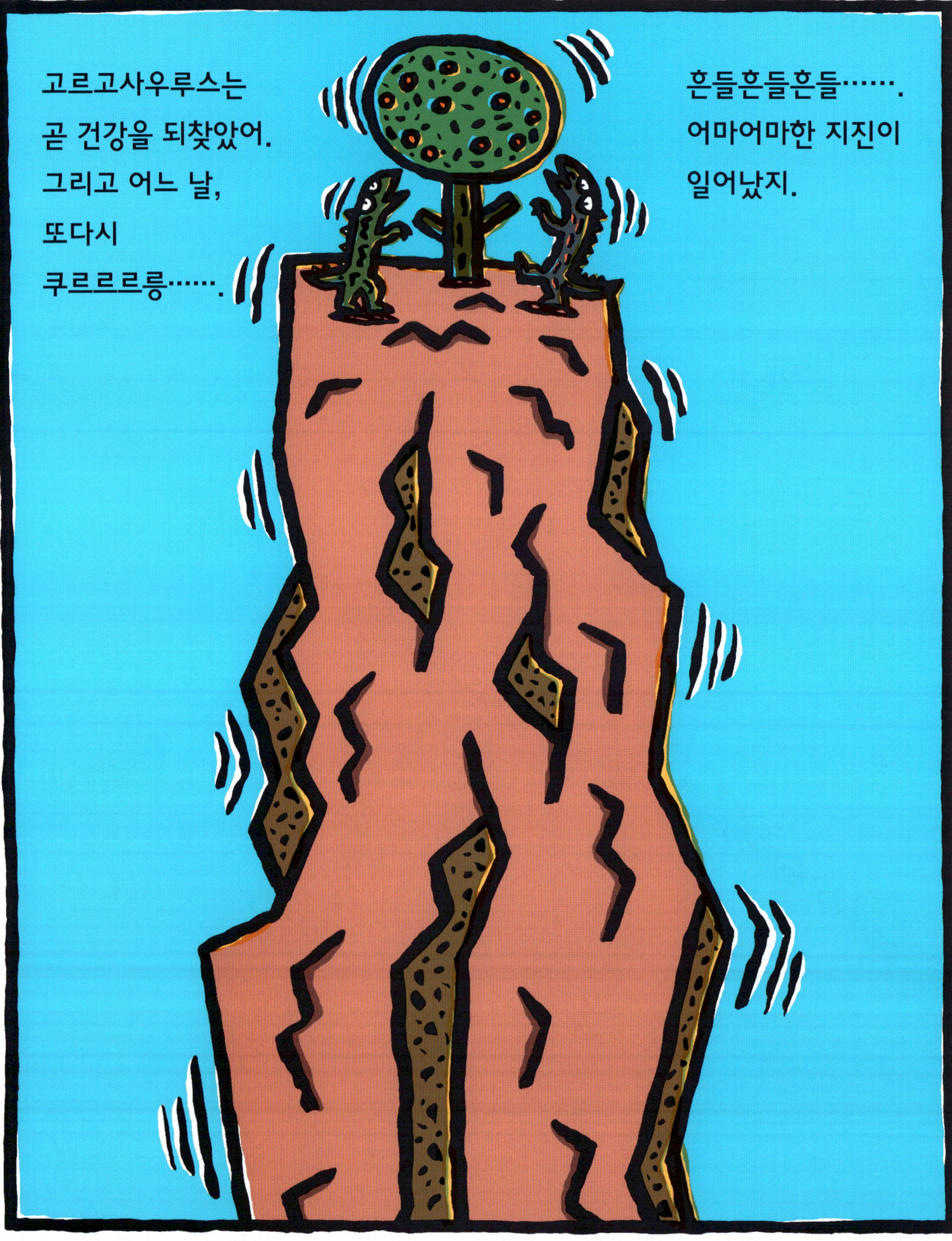
고르고사우루스는
곧 건강을 되찾았어.
그리고 어느 날,
또다시
쿠르르르릉…….

흔들흔들흔들…….
어마어마한 지진이
일어났지.

흔들흔들흔들…….
"으아악!"
티라노사우루스는
벼랑에서 뚝
떨어지고 말았어.

아니, 떨어진 줄 알았더니
고르고사우루스가
얼른 손을 내밀어
티라노사우루스를
구했지 뭐야!

고르고사우루스는
꼬리로 나를 꽉 감고
티라노사우루스를
끌어당겼어.

하지만 무거운
티라노사우루스는
꿈쩍도 하지 않았지.
"고르고……
이제 그만 손을 놔.
이러다 너도 함께
떨어져……."

"절대
안 놓을 거야.
무슨 일이 있어도
소중한 친구를
꼭 살리고 말겠어!"
나는
고르고사우루스의
고운 마음에
가슴이 뭉클했어.
그래서,

끄으으으으응…….
나도 있는 힘껏
몸을 구부려
둘을 잡아당겼지.

그리고 마침내
티라노사우루스를
구했어.

그러자 둘은
언제까지나,
언제까지나
신기한 듯이
나를 바라보았지.

그리고 며칠이 지난
어느 날 밤이야.

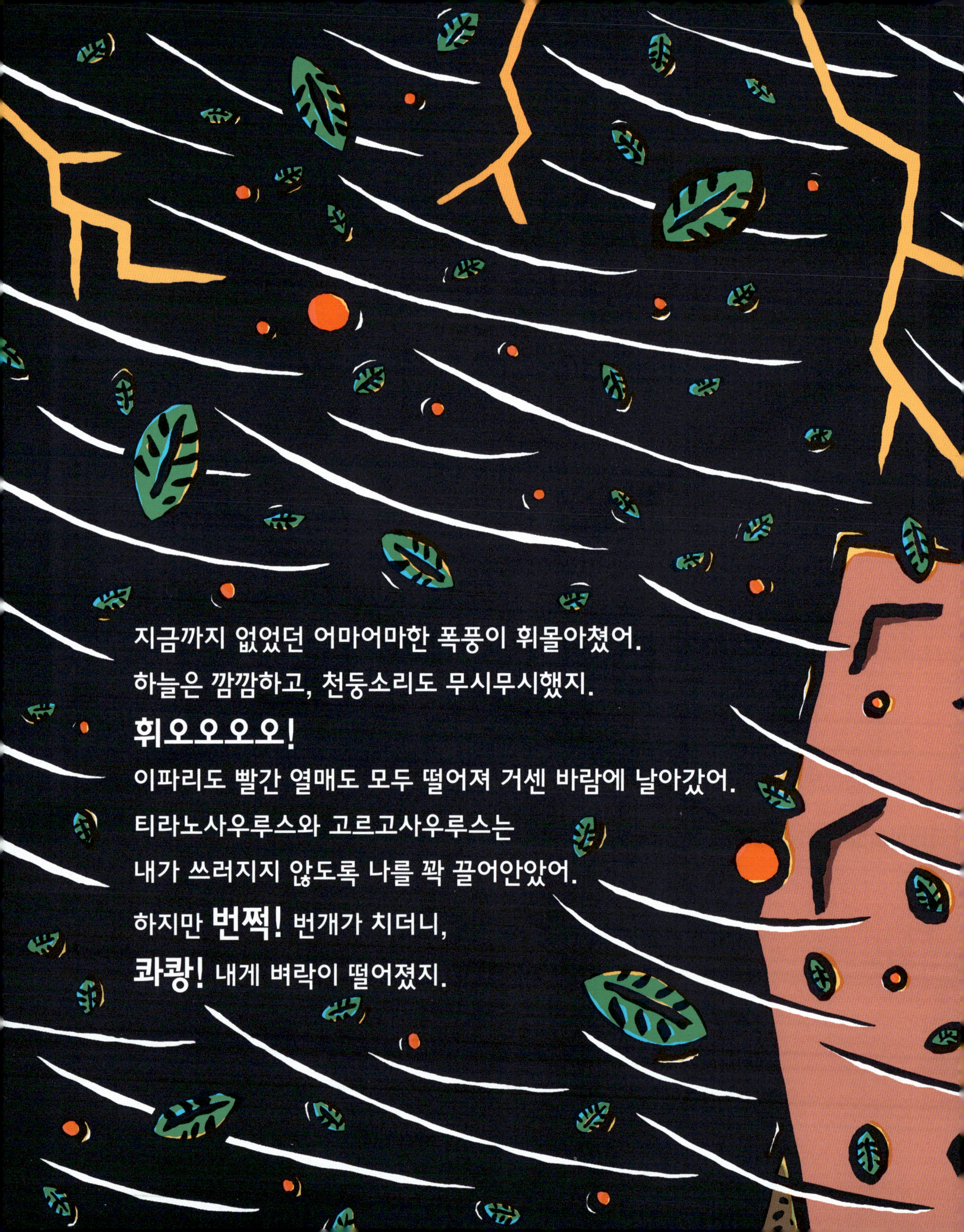

지금까지 없었던 어마어마한 폭풍이 휘몰아쳤어.
하늘은 깜깜하고, 천둥소리도 무시무시했지.
휘오오오오!
이파리도 빨간 열매도 모두 떨어져 거센 바람에 날아갔어.
티라노사우루스와 고르고사우루스는
내가 쓰러지지 않도록 나를 꽉 끌어안았어.
하지만 번쩍! 번개가 치더니,
콰쾅! 내게 벼락이 떨어졌지.

우지끈!
나는 밑동이 부러져
그대로 바람에 휩쓸려
날아갔어.

나를 지켜
주려고 했던
둘도 함께
말이야.

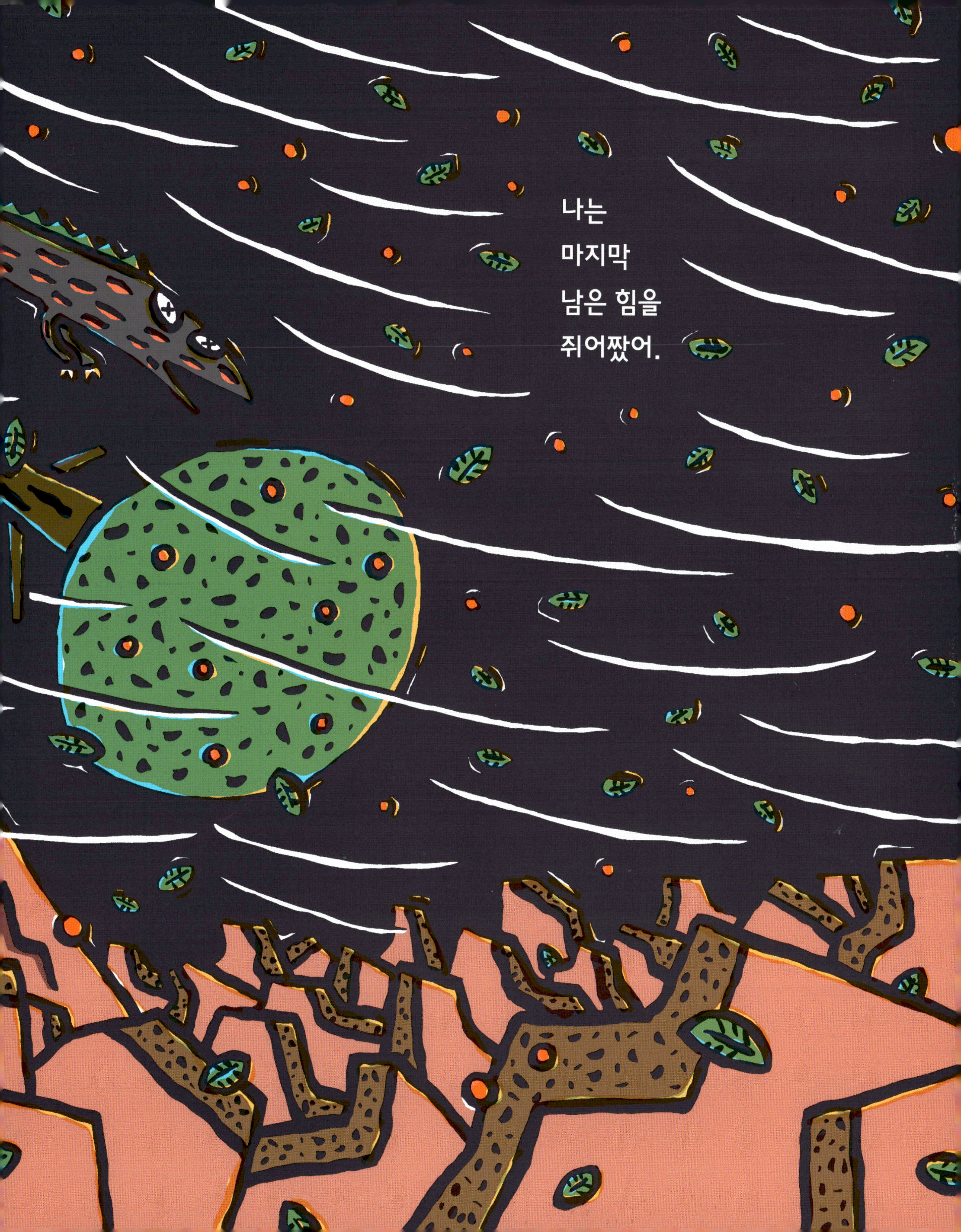
나는
마지막
남은 힘을
쥐어짰어.

가지를 쭈욱 뻗어
둘을 붙잡았지.

그리고 있는 힘껏
끌어당겨 둘을
꼬옥 감싸안았어.

아래로 아래로 떨어지면서
나는 소리쳤지.
"그동안 참 고마웠어. 너희의
따뜻한 마음과 고운 마음을
잊지 않을게. 고마워!"
그리고 나는 둘과 함께
땅에 떨어졌어.

우당탕, 쿵, 빠지직!
땅으로 떨어진 나무는
산산조각이 나서
사방으로 날아갔습니다.

빨간 열매
나무는
그렇게
생명을
다했답니다.

하지만
티라노사우루스와
고르고사우루스는
빨간 열매 나무의
푹신한 이파리 덕분에
무사할 수 있었지요.

시간이 흘러
빨간 열매
나무는 썩어
흙으로
돌아갔어요.

다시 또 몇 년이 지나
고르고사우루스가
그 바위산을 찾아갔어요.

때마침 반대쪽에서
티라노사우루스도 찾아왔고요.

둘은 예전에 자신들이
떨어진 곳으로 가 봤어요.
그리고 "앗!" 하고
깜짝 놀라 소리쳤답니다.
왜냐하면 그곳에는……

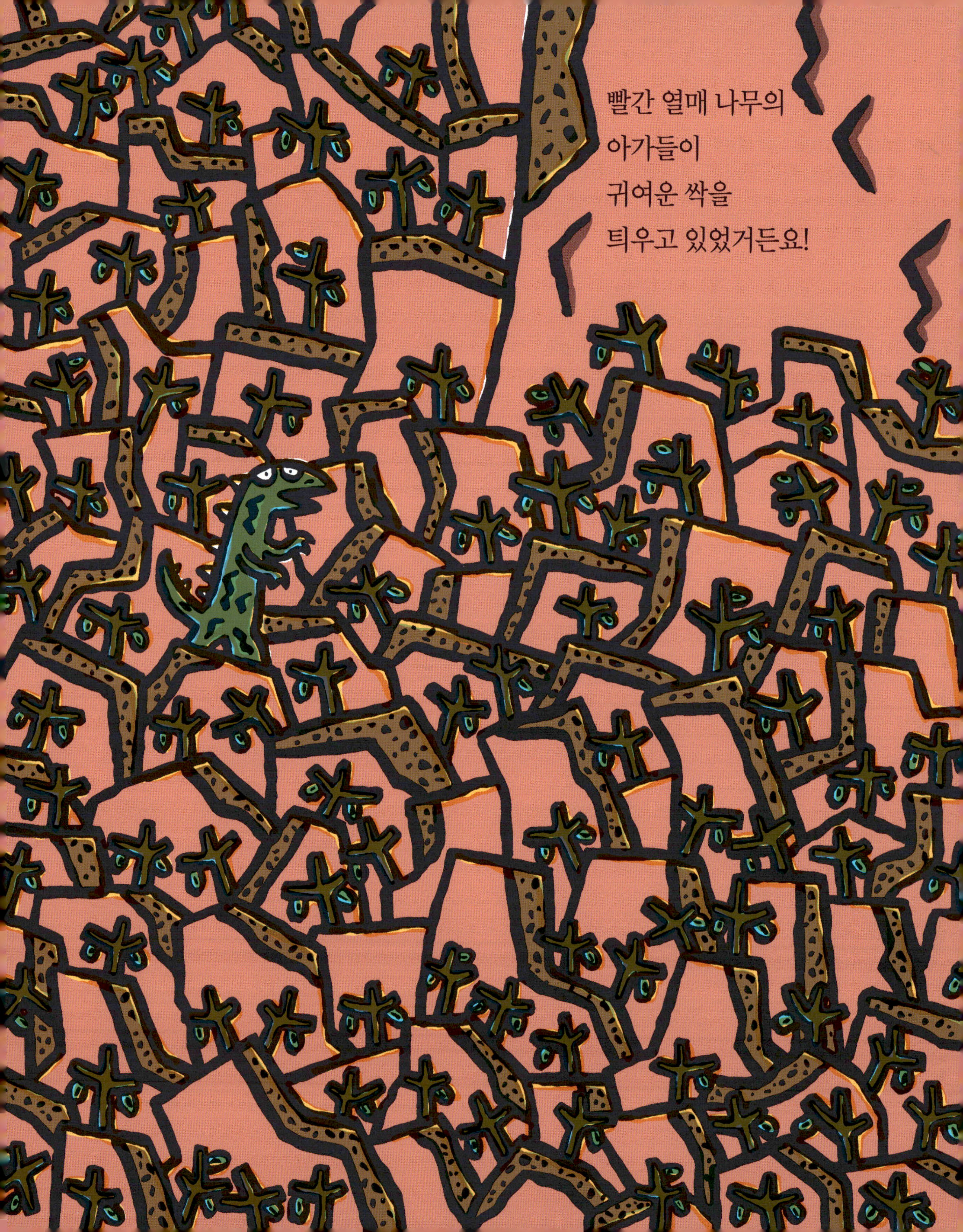

빨간 열매 나무의
아가들이
귀여운 싹을
틔우고 있었거든요!

둘은
아가 나무들에게
말했어요.
"이번에는
우리가 지켜 줄게."

"앗, 빨간 열매다!"

미야니시 타츠야는 일본 시즈오카현에서 태어나 일본대학 예술학부 미술학과를 졸업했습니다. 인형미술가, 그래픽 디자이너를 거쳐 그림책 작가가 된 미야니시 타츠야는 개성 넘치는 그림과 가슴에 오래 남는 이야기로 전 세계 독자들에게 널리 사랑을 받고 있습니다. 〈고 녀석 맛있겠다〉 시리즈 외에도 《엄마가 정말 좋아요》, 《말하면 힘이 세지는 말》, 《신기한 씨앗 가게》, 《찬성!》, 《메리 크리스마스, 늑대 아저씨!》 등 많은 책이 우리나라에 소개되었고, 《고 녀석 맛있겠다》로 '겐부치 그림책 마을' 대상을, 《오늘은 정말 운이 좋은걸》, 《누구 젖?》으로 고단샤 출판문화상 그림책 상을 받았습니다.

고향옥은 동덕여자대학교와 동대학원에서 일본 문학을 전공하고, 일본 나고야대학교에서 일본어와 일본 문화를 공부했습니다. 지금은 일본어로 쓰인 좋은 책을 우리말로 옮기는 일에 힘쓰고 있습니다. 옮긴 책으로는 《있으려나 서점》, 《코끼리와 숲과 감자 칩》, 《우리들의 7일 전쟁》, 《하모니 브러더스》, 《컬러풀》, 《아빠가 되었습니다만》, 〈수학가게〉 시리즈 등 많은 어린이 청소년 책이 있으며, 《러브레터야, 부탁해》로 2016년 국제아동청소년도서협의회(IBBY) 어너리스트 번역 부문에 선정되었습니다.

따뜻한 마음과 고운 마음

1판 1쇄 펴냄 2020년 12월 7일
1판 6쇄 펴냄 2023년 12월 1일

글·그림 미야니시 타츠야 | 옮긴이 고향옥
편집 홍희정 | 디자인 심흥섭
펴낸이 박소연 | 펴낸곳 (주)도서출판 달리
등록 2002.6.4(세10-2398호)
주소 04008 서울특별시 마포구 희우정로 16길, 17-5
전화 02)333-3702 | 팩스 02)333-3703
ISBN 978-89-5998-412-1 74800
ISBN 978-89-90364-52-4(세트)